VOYAGE AU PAYS

DE

LA BOUILLABAISSE

PAR

ÉMILE MAUZAIZE

PARIS

LIBRAIRIE DES BIBLIOPHILES

Rue Saint-Honoré, 338

M DCCC LXXXV

VOYAGE AU PAYS

DE

LA BOUILLABAISSE

Du même auteur

MON ÉPÉE, C'EST MA PLUME, poésies.

VOYAGE AU·PAYS

DE

LA BOUILLABAISSE

PAR

ÉMILE MAUZAIZE

PARIS

LIBRAIRIE DES BIBLIOPHILES

Rue Saint-Honoré, 338

—

M DCCC LXXXV

A MES CHERS CONFRÈRES

DE MARSEILLE,

AUX GAIS POÈTES DE LA PROVENCE.

PREMIÈRE PARTIE

MARSEILLE

A MARSEILLE

TRIOLETS

Si j'étais un vrai Marseillais,
Tu serais la première ville.
Pour toi que de jolis couplets,
Si j'étais un vrai Marseillais!
Si Marius je m'appelais,
Lutèce me semblerait vile.
Si j'étais un vrai Marseillais,
Tu serais la première ville.

Si j'étais un vrai Marseillais,
Je chanterais la Cannebière.
Ses cafés seraient des palais,
Si j'étais un vrai Marseillais.
Là, nul garçon, mais des valets
Pour servir la meilleure bière.
Si j'étais un vrai Marseillais,
Je chanterais la Cannebière.

Si j'étais un vrai Marseillais,
J'adorerais la *bouillabaisse*.
Je vivrais d'*aïolis complets*,
Si j'étais un vrai Marseillais.
Je rêverais pour mon palais
Une cuisine à l'huile épaisse.
Si j'étais un vrai Marseillais,
J'adorerais la bouillabaisse.

Si j'étais un vrai Marseillais,
J'aimerais tes folles grisettes.
Pour elles que de doux billets,
Si j'étais un vrai Marseillais!
Grands yeux noirs, beaux seins rondelets,
Gai sourire et fraîches risettes,
Si j'étais un vrai Marseillais,
J'aimerais tes folles grisettes.

Si j'étais un vrai Marseillais,
Ton tableau n'aurait rien de sombre.
En tout, je dirais : « Tu me plais! »
Si j'étais un vrai Marseillais.

Mes satires, excuse-les.
Un *Francio* ne peint pas *sans ombre...*
Si j'étais un vrai Marseillais,
Ton tableau n'aurait rien de sombre.

LA CANNEBIÈRE

A la mémoire de mon père et de ma mère.

La Cannebière encor, toujours la Cannebière !
Ce mot remplit ton cœur, et ta bouche en est fière.
      Certes, ce n'est pas sans raisons :
Le grand Paris n'a pas de plus riante rue,
De plus beau boulevard, de place plus courue,
      De plus somptueuses maisons.

En bas, c'est le vieux port, la mer aux doux murmures ;
En haut, le cours Meilhan dont les fraîches ramures
      Narguent les chaleurs de l'été.
Des platanes touffus la verdoyante allée
Regarde des vaisseaux la flotte ensoleillée
      Sous le ciel bleu plein de gaîté.

De superbes cafés, des hôtels magnifiques,
De splendides bazars et de riches boutiques.
      Partout, des auvents, des drapeaux ;

Partout l'or étincelle et se mêle aux peintures ;
Partout les verts balcons sous les roses tentures
    Offrent l'ombre et le doux repos.

Là, posent les dandys, et là, les élégantes,
Brunes aux chapeaux blancs, mais aux robes voyantes,
    Se parent de mille couleurs.
Là, bras nus, en cheveux, les plus simples fillettes
Savent agrémenter leurs modestes toilettes
    De rubans, de nœuds et de fleurs.

La Cannebière encor, toujours la Cannebière !
Ce mot remplit ton cœur, et ta bouche en est fière.
    Certes, ce n'est pas sans raisons.
Le grand Paris n'a pas de plus riante rue,
De plus beau boulevard, de place plus courue,
    De plus somptueuses maisons.

LE QUARTIER SAINT-JEAN

A Xavier Maunier.

Muse, quittons le beau Marseille.
Crottons-nous un peu, s'il te plaît !
Apollon pour Saint-Jean conseille
De réserver plus d'un couplet.
Hôtels, cafés, villas princières,
Ne font qu'un Marseille incomplet.
Les masures, leurs devancières,
Ont bien, — j'imagine, — leur prix.

Traversons Marseille en guenille,
Marseille sale et malappris
Où la populace fourmille,
Les culs-de-sac, les carrefours,
Les longs escaliers, les échoppes,
Les noirs magasins, les vieux fours
Et les cabarets où les chopes,
Les vermouts et les Pernod verts

Grisent, au son de la guitare,
Les buveurs qui vont de travers.

Là, Turc, Espagnol, Grec, Tartare,
Napolitain, Danois, Anglais,
Blanc policé, nègre sauvage,
Arabe, Mexicain, Malais,
Débarqués du lointain rivage,
S'entre-croisent à chaque instant.
Le Chinois à la cotte mauve,
Le Kabyle au burnous flottant,
Le Slave aux bottes de cuir fauve,
Le Persan drapé de satin,
Un peuple d'étrangers circule
Avant six heures du matin
Et jusqu'à la nuit se bouscule.

Le soir, les marins folichons
Font de l'œil aux nymphes connues.
C'est l'affreux quartier des bouchons
Où les filles à demi nues
Dans leur impudique séjour
Aux passants se vantent de plaire,
Le quartier que jamais le jour

D'un rayon de soleil n'éclaire,
Le quartier où le gras ruisseau
Sur le sol défoncé promène
L'ordure qu'on vide à plein seau,
Le quartier où la crasse humaine,
Dans les plis du linge de corps,
Le dimanche comme en semaine,.
Pend aux balcons ses vils décors.

Riez, bourgeois, de mon délire.
Moi, je défends, en vrai plaideur,
Les coins mal famés dont ma lyre
Chante la splendide laideur.

LE MAITRE PORTEFAIX

SONNET

A J. B. Crouzet.

N'allez pas comparer, braves gens de Paris,
Votre affreux portefaix, Auvergnat de naissance,
Habillé de velours, coiffé d'un chapeau gris,
Au maître portefaix de la noble Provence.

Tout autre est ce dernier, et vous seriez surpris
De le voir sur le quai, mis non sans élégance,
Diriger les Génois qui viennent à bas prix
Décharger les vaisseaux de toute provenance.

Le vôtre, hommes du Nord, travaille jusqu'au soir
Courbé sous le crochet, ne vit que de pain noir
Et dans un vieux taudis sur un grabat sommeille.

Le nôtre chaque jour arrondit son trésor.
Tous les coups de chapeau sont pour lui quand il sort,
Car c'est au poids de l'or qu'on vous cote à Marseille.

LE PRADO

A Horace Bertin.

I

QUAND JE N'ÉTAIS QU'UN FRANCIO

Interminable Prado,
Au double rang de verdure,
Tu fuis comme un long cordeau
En monotone bordure.

Toi, l'orgueil des Marseillais,
Leur superbe promenade,
Dirai-je que tu me plais,
Allée insipide et fade ?

De Castellane à la mer,
De la mer à Castellane,
Toujours le même arbre vert,
Le sempiternel platane.

Une campagne, un grand mur,
Un grand mur, une campagne,
Où, même au temps du fruit mûr,
Souffle un mistral de montagne.

Toujours les faux amoureux
Aux bras des mêmes grisettes,
Avec leurs airs langoureux
Et leurs menteuses risettes.

L'omnibus et le tramway
Promènent la même foule
Et sur le brûlant pavé
La même voiture roule.

Qui passe? Un bel écuyer,
Plein de chic et d'élégance.
Qui le suit? Un cavalier :
Même trot, même cadence.

Ouf! nous touchons à la fin.
Dînons vite à Bonneveine.
Je suis las et meurs de faim :
Plus de Prado! quelle veine!

II

MAINTENANT QUE JE SUIS MARSEILLAIS

Incomparable Prado
Au double rang de verdure,
Déroule le gai rideau
De ta riante bordure.

Pour dire que tu me plais,
O superbe promenade,
Mon gai luth de Marseillais
Te chante sa sérénade.

De Castellane à la mer,
De la mer à Castellane,
Tu m'offres un berceau vert
Sous l'ombreux et frais platane.

Fleur éclose et beau fruit mûr,
Villa, jardinet, campagne,
Quel doux parfum, quel air pur,
Du vallon à la montagne !

Brunes au port gracieux,
Promenez, tendres fillettes,
Le soleil dans vos grands yeux,
Le printemps sur vos toilettes.

En omnibus, en tramway,
Où je roule, roule, roule,
Le minois que j'ai rêvé
A mon oreille roucoule.

L'amazone et l'écuyer
Sur leur alezan qui danse,
Se font d'un air cavalier
Un doux salut en cadence.

L'amour me suit en chemin
Et me mène à Bonneveine,
Où Lise me tend la main.
Le Prado me porte veine.

FARNIENTE

SONNET

A Alphonse Feautrier.

Avez-vous jamais su ce qu'était ce vaurien ?
Vient-il du ciel de Grèce ou des rives d'Afrique ?
Croit-il à Mahomet ? Se dit-il catholique ?
Ne lui demandez pas, il ne répondrait rien.

Son Dieu, c'est le soleil. Le trottoir est son bien.
Il se rit des tyrans et de la République.
Sans métier, sans famille et sans droit politique,
Il dort sur le pavé, couché tout comme un chien.

A d'autres les soucis et les maux de la terre !
Il semble plus heureux que le propriétaire
Qui le laisse croupir au seuil de sa maison.

Quand le pain fait défaut, sans se plaindre à personne,
Pour tromper l'estomac, sa belle voix résonne,
Et le gai pinson vit de l'air de sa chanson.

ˈTOBY

LA GLOIRE DU JARDIN ZOOLOGIQUE

SONNET

A S. Laugier.

Dans le Jardin zoologique
Il est un fameux éléphant,
Qu'un vieux cornac, homme magique,
Ensorcelle comme un enfant.

Le pachyderme asiatique,
Bien que lourd, fort intelligent,
Prend avec sa trompe élastique
Ce qu'on jette, même l'argent.

Les gamins se font une fête
De lancer des sous à la bête;
Mais Toby vorace a grand'faim.

Lors, son rusé gardien s'approche
Et, lui montrant un bout de pain,
Prend le quibus qu'il met en poche.

AMOUR ET BOUILLABAISSE

VILLANELLE

A Michel Savon.

Pour plaire à folle maîtresse
Vivent langouste et poisson !
Offre-lui la bouillabaisse.

De sa gourmande tendresse
Mets ton cœur à l'unisson
Pour plaire à folle maîtresse.

Si tu vois que l'amour baisse,
Fais le généreux, mon bon :
Offre-lui la bouillabaisse.

Veux-tu que l'on te caresse ?
Pas de gâteau, de bonbon ,
Pour plaire à folle maîtresse.

De rascasse elle s'engraisse.
A l'Estaque, en cabanon,
Offre-lui la bouillabaisse.

En noble amant, qu'on s'adresse
Au restaurant en renom
Pour plaire à folle maîtresse.

De safran la soupe épaisse
Charme le goût de Suzon.
Offre-lui la bouillabaisse.

Sous un berceau qui se dresse
Au-dessus d'un vert gazon,
Pour plaire à folle maîtresse,

Offre-lui la bouillabaisse.

LE CONCERT VIVAUX

SONNET

A Emile Mazerolle.

Je sais un caboulot où se dresse une scène
Qu'éclaire la lueur de huit pâles quinquets.
Au son de trois crincrins, une gueuse des quais
Dans un maillot collant dégoise un chant obscène,

Ou bien braille en l'honneur du dieu des mastroquets.
Sur les bancs vingt marins de Toulon, Nice ou Gêne
S'ébahissent devant cette Vénus sans gêne,
Qui fait de ses seins nus trembler les lourds paquets.

Plongeant du paradis, pour surveiller sa belle
Le stupide *nervi* des yeux couve Isabelle,
Qu'applaudit un parterre encombré d'hommes soûls.

Cependant, la diva cesse les roucoulades
Pour sourire aux buveurs. Payez-lui ses œillades :
Elle attend qu'à ses pieds pleuvent les petits sous.

LE MISTRAL

Zou! zou!

A Clovis Hugues.

Tremblez! Je suis le mistral
Glacial
Et la terreur sans pareille
De Marseille.

Quand je souffle en fol autan,
C'est Satan
Que Dieu lâche par le monde
Et sur l'onde.

J'engloutis au fond des eaux
Cent vaisseaux
Dont je brise les mâtures
Les plus dures.

Gare aux toits! Gare aux volets
    Des chalets !
Par tous les coins de la ville
    Je m'enfile.

Puisqu'on dit : « A tout seigneur
    « Tout honneur »,
Tu me verras la première,
    Cannebière.

Envolez-vous en lambeaux,
    Fiers drapeaux,
Auvents et tentes magiques
    Des boutiques.

Plus d'un... *fumiste* se sent,
    En passant,
Coiffer d'une cheminée
    Ramonée.

Entre les bras d'un sapeur
    Qui fait peur,
Je lance pâle nonnette
    A cornette.

A bas! petit arbrisseau,
Vil roseau,
Tu n'as pas le poids de l'herbe,
Pin superbe,

Et vous, platanes géants,
Troncs béants,
Jonchez le sol des allées
Désolées !

Je jette au nez des voleurs
Les valeurs
De vingt coulissiers en course
Pour la Bourse.

Grâce à moi seul, clérical,
Radical,
Se croisent par l'avenue,
Tête nue,

Et, bien que ne s'aimant pas,
A deux pas
S'offrent d'un salut l'hommage.
Quel dommage !

M'engouffrant sous un jupon,
En fripon,
Je prends la taille à Miette
Inquiète

Et nargue le malheureux
Amoureux,
Qui voudrait être de glace,
A ma place.

Faites-vous, époux joyeux,
Les doux yeux,
Roucoulez après la noce
En carrosse,

Zou! je vous verse au moment
Où charmant,
Marius cause à l'oreille
De Mireille.

Tremblez! Je suis le mistral
Glacial
Et la terreur sans pareille
De Marseille.

DÉCROTTEUR

SONNET

A mon frère René Mauzaize.

Je n'ai jamais pu voir sans dégoût et sans rage,
Au coin de chaque rue un solide garçon
M'offrir le doux fauteuil où, vautré sans façon,
Je me fais cirer pour mes deux sous au passage.

Un autre eût été peintre, ébéniste, maçon,
Commis ou commerçant après apprentissage,
Mais lui n'était pas né pour un pareil ouvrage
Et devait maintenir le rang de sa maison.

Bercé dans le grand art où son auteur prospère,
Il hérite à dix ans des brosses de son père,
Fier d'occuper si jeune un tel poste d'honneur.

Enfant de décrotteur et décrotteur lui-même,
Lustrer botte et soulier, voilà tout ce qu'il aime
Et... noircir son prochain est son plus cher bonheur.

UNE COURSE DE TAUREAUX

SONNET

A Edgard Pourcelle.

On applaudit les écarteurs,
Le beau *quadrille* qui défile,
Les *cocardiers* et les *sauteurs,*
Légers landais au pas agile.

Mais le triomphe des lutteurs
Se change en cabale incivile
Dès que les joyeux spectateurs
Sifflent un taureau trop docile :

Car le Marseillais exigeant,
Qui veut rire pour son argent,
Murmure, trépigne, se lasse,

Et des gradins au promenoir
Braille : « Toréadors, en classe,
Et les vaches à l'abattoir ! »

AU SQUARE BERRYER

TRIOLETS

A Hippolyte Matabon.

Autour de l'illustre Berryer
J'entends babiller la nourrice.
Je ne vois que blanc tablier
Autour de l'illustre Berryer.
Jusqu'aux marches de l'escalier
Qui mène au Palais de justice,
Autour de l'illustre Berryer
J'entends babiller la nourrice.

Chacune parle son jargon,
La Marseillaise, l'Arlésienne,
La fille d'Orange et d'Orgon,
Chacune parle son jargon.
Bobonne, accostant un dragon,
N'a rien de la voix parisienne.
Chacune parle son jargon,
La Marseillaise, l'Arlésienne.

Qu'as-tu donc fait, grand orateur,
Pour mériter un tel supplice?
Pour vivre ici grâce au sculpteur,
Qu'as-tu donc fait, grand orateur?
Faut-il que l'ingrat électeur
Aussi méchamment te punisse!
Qu'as-tu donc fait, grand orateur,
Pour mériter un tel supplice?

Nous nous vengeons de tes succès
Et de ta fougueuse éloquence.
Tu gagnas par trop de procès :
Nous nous vengeons de tes succès.
Pour toi pas un mot de français,
Fier député de la Provence.
Nous nous vengeons de tes succès
Et de ta fougueuse éloquence.

MONTOLIVET

SONNET

A Maurice et à Georges Graterolle.

Bourg que rêvait
Muse pensive,
Dieu t'enjolive,
Montolivet.

Dans mon chalet,
Poète, vive
La vie oisive !
Repos complet.

Seule, ma lyre
Chante en délire.
A vous mes vers,

Riche vallée
Ensoleillée
Et coteaux verts !

LA CRIEUSE DE POISSONS

SONNET

A Albert Tronche.

Je dormais de mon dernier somme,
Vers les cinq heures du matin.
Je m'éveille et crois qu'un pauvre homme
Est attaqué par un gredin.

J'entends un cri déchirant comme :
« A l'assassin ! à l'assassin ! »
Grand Dieu ! celui que l'on assomme
Sans aucun doute est un voisin.

De mon lit je saute en chemise
Et cours, dans la plus simple mise,
A la porte de la maison.

Que vois-je? une gaillarde fille
A pleins poumons qui s'égosille
A m'offrir langouste et poisson.

UNE SOIRÉE A LA JETÉE

A Jean Richepin.

A l'heure où le gommeux, en pleine Cannebière,
Au Grand Café Glacier vide un verre de bière,
A l'heure où le viveur, couché sur un divan
Ou debout au balcon, sous le joyeux auvent,
Apprend par le *Bavard* que la tendre Friquette
A fait dans le savon une heureuse conquête
Ou que miss Fantaska, lasse des financiers,
A la suite de Mars vole au Pas-des-Lanciers,
Moi, je prends l'omnibus et file à la Jetée
Voir la mer.
　　　　　Qu'elle soit par le vent agitée,
Ou que ses flots mourants semblent baiser le bord
Sauvage et rocailleux de notre antique port,
Toujours je la contemple, et toujours je l'admire.
Les cieux sont étoilés, et la lune se mire
Dans l'onde qui reflète en bleu son front d'argent.
A gauche, l'ancien phare, au feu vif et changeant,

Éclaire tour à tour les rochers et la rade
Et laisse le château que le mistral dégrade,
En deuil de l'Empereur et se voilant d'ennui,
Resplendir un instant pour rentrer dans la nuit.
La Joliette à droite, où la flotte s'affrète,
Brille sous le fanal rouge de sa tourette
Et dévoile à mes yeux sa forêt de vaisseaux
Dont les mâts nus, dans l'ombre, ont l'air de noirs faisceaux.

Rien n'avait, un beau soir, troublé ma rêverie
Quand le vieux père Olive et sa fille Marie
Débouchent sur le quai, suivis de la maman.
Modestes ouvriers, ils n'ont qu'un agrément :
Dîner près de la mer dès que la brise est fraîche.
On cherche un endroit propre, une place bien sèche,
Et la femme a bientôt installé le couvert.
L'aïoli, la pastèque et le fort poivron vert
Font les frais du repas que la piquette arrose.
La face épanouie et le visage rose,
On respire l'air pur après un jour brûlant
Et l'appétit aux mets donne un goût succulent.

Cependant deux gamins, enfants du voisinage,
Échappés du logis par amour de la nage,

Deux petits polissons que des parents en pleurs
Cherchent de porte en porte en contant leurs douleurs,
Dépouillent pantalon, souliers, blouse et chemise
Et, plus nus que des vers, d'Adam goûtant la mise,
Prennent leurs gais ébats de rochers en rochers.
Les bras couverts de bleus, les genoux écorchés,
Ils courent par le port, se poursuivent dans l'onde
Et vont pêcher l'oursin dans la rade profonde.

Qui donc derrière moi chuchote à quelques pas
Des mots en provençal que je ne saisis pas?
C'est Marius avec la grande Baptistine,
Une superbe brune à la lèvre mutine,
Aux seins provocateurs pointant sous le peignoir.
La flamme de l'amour embrase son œil noir.
Oh! le tendre baiser! Ne troublons pas la fête.
Laissons-les seul à seul dans un doux tête-à-tête.
Minuit sonne. Rentrons! Cédant à la raison,
Frais, dispos, mais pensif, je gagne la maison
Et m'endors en rêvant au beau couple volage
Que je crois voir encor folâtrer par la plage.

MON CABANON SUR LA CORNICHE

Au général Francis Pittié.

Cabanon, ma campagne,
A la belle saison
Sois ma seule maison
Pour moi, pour ma compagne.

Au faîte d'un rocher
Pittoresque et sauvage,
A vingt pas du rivage
Venez me dénicher.

Derrière moi, le monde,
Et la mer sous mes yeux
Qui mêle au bleu des cieux
Le bleu pur de son onde.

Fi d'un brillant hôtel,
D'une villa superbe !

Sur un pic nu, sans herbe,
Qu'importe un fier castel ?

J'ai pour toute verdure
L'ombre d'un pauvre pin
Dans un petit lopin
De terre sans culture.

Deux fauteuils, un grand lit,
Trois plats, une marmite,
Et mon logis d'ermite
De meubles est rempli.

Vive la bouillabaisse !
Langouste et frais poisson
Bouillis par la cuisson
Fondent dans l'huile épaisse :

Car, en vrai Marseillais,
Je dis à ma Rosine :
« Prépare une cuisine
Au goût de mon palais. »

Le soir, dispos, à l'aise,
J'enfile un caleçon

Et, sans plus de façon,
Je descends la falaise.

Mignonne a son chapeau,
Mais son fin maillot rose
De sa beauté peu close
Trahit la blanche peau,

Et, sous la froide écume
Frissonnant, je me plais
A voir seins et mollets
Émerger du costume.

Des Pendus vers l'îlot,
Je nage à côté d'elle
En amoureux fidèle
Que berce un même flot.

La Méditerranée
Charme de jour en jour
Mon ravissant séjour ;
J'y finirai l'année.

Non ! le vent des hivers
Déjà souffle en novembre.

J'ai beau fermer ma chambre,
Mistral passe à travers.

Quittons mer et montagne.
Adieu, froide maison !
Adieu pour la saison,
Cabanon, ma campagne !

A UNE FEMME

QUI MENAIT NU-TÊTE, UN CHEVAL COIFFÉ
D'UN CHAPEAU DE PAILLE.

RONDEAU

A Victor Delbergé.

Un chapeau, brune Marseillaise,
Ombragerait mal ta beauté
D'un feutre ou d'une paille anglaise.
Tu braves les feux de l'été,
Et le soleil darde à son aise
Sur ton cou mat, décolleté,
Ses rayons, brûlante fournaise.
Tu traites de simple fadaise
    Un chapeau.

Si la mode en semble niaise
A ta dédaigneuse fierté,
Ne va pas croire qu'il me plaise
De voir ton cheval éreinté
Coiffer tout comme une Française
    Un chapeau.

BIBLIOTHÈQUE JEAN-ROBERT

A 5o CENTIMES LE VOLUME

TRIOLETS

A Albert Hue.

Vois ce drôle de cabaret
Dans la ruelle de la Glace.
Tout Paris en raffolerait.
Vois ce drôle de cabaret.
Le monde des lettres voudrait
En foule s'y piquer la face.
Vois ce drôle de cabaret
Dans la ruelle de la Glace.

Bibliothèque Jean-Robert,
Genre inédit, nouveau modèle.
Son titre resplendit en vert :
Bibliothèque Jean-Robert.
L'établissement reste ouvert
Nuit et jour au lecteur fidèle :

Bibliothèque Jean-Robert,
Genre inédit, nouveau modèle.

Là, les tables sont des tonneaux
Et la bouteille un frais volume
Beaucoup plus sain que les journaux.
Là, les tables sont des tonneaux.
Pas de cartes, de dominos !
L'on boit seulement et l'on fume.
Là, les tables sont des tonneaux
Et la bouteille un frais volume.

Vois ce drôle de cabaret
Dans la ruelle de la Glace.
Tout Paris en raffolerait.
Vois ce drôle de cabaret.
Le monde des lettres voudrait
En foule s'y piquer la face.
Vois ce drôle de cabaret
Dans la ruelle de la Glace.

LA BELLE DE MAI

SONNET

A ma grand'mère.

Sous un voile de mousseline,
Robe blanche, couronne en fleurs,
Une fillette sans couleurs
Sourit, innocente et câline.

A ses côtés, la grande sœur,
Pâle brune à la pauvre mine,
Quête en loques pour la gamine
Et remercie avec douceur.

Je veux rire de cet usage,
Vieux souvenir d'un temps plus sage ;
Mais je m'arrête désarmé

Quand l'enfant dit : « Je suis sans mère !
Vous dont la vie est moins amère
Donnez à la Belle de Mai ! »

NOBLESSE DE COMPTOIR

SONNET

A Félicien Champsaur.

« Gaétan Roc de Boisvasseur »,
En lettres d'or ce nom scintille
A la porte d'un grand brasseur
Plus fier qu'un noble de Castille.

Faut-il voir un gentil seigneur,
Qui traînait hier la guenille,
Servir un bock avec honneur
Pour nourrir sa pauvre famille !

Roc serait-il comte ou marquis ?
Jamais ! Son titre, il l'a conquis
Par un mot commun que l'usage

Biffe, à Marseille, du langage :
Roc est le simple *successeur*
Du limonadier Boisvasseur.

A LA STATUE

DU CARDINAL DE BELSUNCE

A Henri de Bornier.

Toi qui tends les bras vers les cieux
Pour implorer la Providence,
Sois l'ange gardien de ces lieux.
Si la peste règne en Provence,
Tout comme au temps de nos aïeux,
Daigne sur nous jeter les yeux :
Nous avons même confiance.

Chasse loin de ton joli cours
L'ouragan de la politique
Dont le vent souffle des discours
Devant ta face évangélique.
A tous ces vains bruits restons sourds.
Quand tu sacrifiais tes jours,
Qu'importaient rois ou république

Dans le quartier déshérité
Combien souffre le prolétaire !
Vois le pauvre de la cité
Croupir à tes pieds sur la terre.
Ton ombre l'a seule abrité.
Enseigne-nous la charité
Et rends le riche humanitaire.

Toi qui tends les bras vers les cieux
Pour implorer la Providence,
Sois l'ange gardien de ces lieux.
Si la peste règne en Provence,
Tout comme au temps de nos aïeux,
Daigne sur nous jeter les yeux :
Nous avons même confiance.

LES COQUILLAGES

SONNET

A Laroche.

Le jeune gommeux de Paris
Offre des huîtres, du champagne,
Des ananas, des vins d'Espagne,
A celle dont il est épris.

Après ce déjeuner de prix
Il va dîner à la campagne
Avec sa friande compagne
Qui rêve un plat de goujons frits.

Ici, pas de noce coûteuse,
Au souvenir parfois amer !
Pour régaler ton amoureuse,

Dans un bosquet près de la mer
Mène-la sous les verts feuillages
Humer cinq sols de coquillages.

L'ACCENT

CHANSONNETTE

A Octave Noël.

Vivent Marseille et la Provence,
Quand on s'y tait, pays plaisant !
Mais, si vous rompez le silence,
 Tout le monde a l'accent.
  C'est agaçant !

Fier avocat dont l'éloquence
Fait d'un voleur un innocent,
Soyez béni pour la défense,
 Mais maudit soit l'accent !
  C'est agaçant !

L'artiste chante une romance ;
Il a du jeu, l'air séduisant,

Et le geste plein d'élégance ;
Mais quand perce l'accent,
C'est agaçant !

Le curé de la Providence
Me trace un tableau saisissant
Et confond mon indifférence ;
Mais son prône a l'accent.
C'est agaçant !

Mon perruquier, dont la jactance
Vise à l'esprit en me frisant,
Me rase par les mots qu'il lance
En zézayant l'accent :
C'est agaçant !

Lisette avec impertinence
Me frôle un beau soir en passant.
J'aurais bien fait sa connaissance ;
Mais avec son accent
C'est agaçant !

Votre père est dans la finance.
Pour un million mon cœur consent

A s'unir à vous, belle Hortense ;
Mais épouser l'accent,
C'est agaçant !

Mes chers amis de la Provence,
Je suis Batignollais pur sang.
Vengez-vous de mon insolence.
Notre argot vaut l'accent.
C'est agaçant !

———

NOTRE-DAME DE LA GARDE

SONNET

A Amédée Désandre.

Par un matin d'avril que le soleil caresse,
Deux joyeux matelots boivent tout leur argent.
Débarqués de la veille, au vieux quartier Saint-Jean
Ils fêtent le retour par une folle ivresse.

« De langlade arrosons la grasse bouillabaisse
En face d'une belle au minois engageant »,
Dit Martin qui veut plaire à Vénus en mangeant
Pour posséder son cœur à l'heure où le jour baisse.

« J'en suis, répond Bernard, mais je dois te quitter
Et remplir certain vœu que je fis dans l'orage
Où le brick a failli sombrer loin du rivage.

« La Bonne Mère attend... Pieds nus, pour m'acquitter,
Gravissons la colline, et la très sainte Vierge,
Avant que je sois gris, verra brûler mon cierge. »

UNE TOMBE

AU CALVAIRE DE MONTREDON

A François Coppée.

Beau prince, armateur ou notaire
Dont l'âme au ciel a pris l'essor,
J'ignore qui tu fus sur terre.
Qu'importe d'où ton argent sort!
Si je suis gueux toute la vie,
        J'envie
Ta tombe pour mon dernier sort.

Sur la montagne désolée,
J'admire le genre nouveau
De ton superbe mausolée.
On se creuserait le cerveau
A chercher le long du rivage
        Sauvage
Un plus poétique caveau.

A tes pieds, un pauvre village,
Vieux murs et cabanons tremblants,
Perdus sur la déserte plage ;
Plus loin, la mer, les rochers blancs,
Le lourd château d'If sur son île
        Stérile,
Aux souvenirs noirs et sanglants.

Pour égayer ta sépulture,
Pas un arbre ! pas une fleur !
Comme une veuve, la nature
Semble dessécher de douleur.
Le jour des Morts, quand le glas sonne,
        Personne
Ne vient sur toi verser un pleur.

Cependant qu'il est doux ton rêve,
Rêve idéal et sans réveil !
Loin du monde, près de la grève,
En plein azur, en plein soleil,
Tu dors au bruit de la tourmente
        Qui vente
Sans troubler ton dernier sommeil.

Beau prince, armateur ou notaire
Dont l'âme au ciel a pris l'essor,
J'ignore qui tu fus sur terre.
Qu'importe d'où ton argent sort!
Si je suis gueux toute la vie,
       J'envie
Ta tombe pour mon dernier sort.

LA RUE DU PETIT CIMETIÈRE

SONNET

A Louis Pierotti.

Dans une rue étroite aux odeurs de graillons,
De sombres magasins regorgent de ferraille,
De meubles vermoulus et de sales haillons
Dont les lambeaux crasseux tapissent la muraille.

Au milieu du trottoir, lourds souliers sans talons,
Habits déguenillés, vieux galons qu'on détaille,
Gilets gras, noirs chapeaux et pisseux pantalons
Sont palpés par vingt gueux qui choisissent leur taille.

Là, le bout de londrès, cueilli sur le pavé,
Se vend avec un fond de pipe relavé,
Et finement râpé pour mettre en tabatière.

O marché crapuleux! En vers de Richepin,
En prose de Zola, que ne t'ai-je dépeint!
L'idéal n'a pas cours au Petit-Cimetière!

LA CATASTROPHE DU PRADO

14 AOUT 1881

A Octave Savenay.

Empilés sur vingt bancs, deux mille spectateurs
Excitent les taureaux et les fiers écarteurs.
Plus le toréador semble exposer sa vie,
Plus la foule applaudit, délirante et ravie.
Mais cette fête, hélas! devait se fondre en deuils
Et les joyeux gradins se changer en cercueils.

Don Pedro Fernandez, au troisième quadrille,
Avait au noir taureau piqué la banderille.
La bête en rugissant dresse la queue et fond
Sur le vaillant lutteur qui l'évite d'un bond,
Se retourne, l'excite et, sitôt qu'elle bouge,
Lui lance en plein museau l'aveuglant manteau rouge
Tous nous battions des mains avec frémissement.

Soudain, part un bruit sourd, sinistre grincement,

Qui siffle et puis éclate en terrible tonnerre.
La tribune gémit, oscille et penche à terre.
Malheur! Sauve qui peut! On se sentait crouler.
On glissait au trépas sans pouvoir reculer.
Grand Dieu! Pitié pour nous! l'heure suprême approche;
Au banc prêt à craquer dans la chute on s'accroche.
Bois, charpentes, gradins, boulons, fers et tasseaux
Sur le sol défoncé se brisent en morceaux.
Une seconde après l'arène tout entière
N'offre plus à mes yeux qu'un morne cimetière.
Sous les sombres débris coule le sang humain.
Ici l'on voit un pied et plus loin une main
Par le choc arrachés auprès d'une figure
Dont les traits semblent peindre une horrible torture.
Hommes, femmes, vingt morts et quatre cents blessés
Gisent sous les planchers, pêle-mêle entassés.
On pousse, on se bouscule, on s'écrase au passage.
On enfonce une côte, on piétine un visage.
Ce ne sont que sanglots et que cris de douleurs.
Dans ce mouvant enfer, la pauvre mère en pleurs
Appelle son enfant, la sœur cherche son frère,
Le mari son épouse et le fils son vieux père,
Tandis que les taureaux, furieux, affolés,
Écumants, l'œil en feu, dans les rangs désolés

Promènent la terreur et sèment le carnage
Jusque dans les vergers du triste voisinage.

Habitant du Midi, que cet affreux malheur
Te serve de leçon ! Ne te fais plus honneur
Des courses de taureaux, spectacle sanguinaire
Indigne des Français au cœur si débonnaire.
Marseillais, méprisons, comme les gens du Nord,
Ces barbares plaisirs où nous guette la mort.
Soyons de notre France et soyons de notre âge :
Pour de plus fiers combats gardons notre courage !

DEUXIÈME PARTIE

PROVENCE

ALLAUCH

A Louis Dubois.

Grâce à ta citadelle,
Un vrai nid de vautours,
Jadis le serf fidèle
Tremblait aux alentours.

Le temps qui démantèle,
Tes créneaux et tes tours,
Ronge en fine dentelle
Tes murs aux noirs contours.

Au pied de la montagne,
Vois verdir la campagne
Et vois le blé jaunir.

Quel changement s'opère !
Dieu veut donc te punir
Que le manant prospère !

LES MARTIGUES

TERZA RIMA

A Alphonse Daudet.

Je suis la cité sans rivale,
Martigues, la reine des flots
Et la Venise provençale.

Mes quais ont l'air de grands îlots
Où semble flotter une ville
De pêcheurs et de matelots.

Pas de paresseux, âme vile !
Partout, des filets aux maisons
Et des canots en longue file.

Si Dieu me prive de moissons,
Dans les calangues du rivage
Frétillent les plus beaux poissons.

Aussi voit-on, pleins de courage,
Tendre filleul et dur parrain
Braver et la mer et l'orage,

Tandis que le bon vieux marin
Pêche en plein soleil sur la rive
Avec un lourd trident d'airain,

Et, d'une main adroite et vive,
Lance la fourche dont la dent
Poursuit le rouget qui s'esquive.

Que pensez-vous de mon étang,
De mon étang couvert de voiles?
Comme sa nappe au loin s'étend!

Amateurs de riantes toiles,
Dans l'onde bleue aux noirs rochers,
Peignez la danse des étoiles,

Peignez l'ombre de mes clochers
Mêlant leur flèche triomphale
Aux mâts des barques des nochers;

Peignez la cité sans rivale,
Peignez Martigues, ses îlots,
Quand la Venise provençale

S'endort au murmure des flots.

MARIGNANE

TRIOLETS

A Portanguen.

Pour goûter l'ombrage et le frais,
L'été je file à Marignane.
Que la campagne a donc d'attraits
Pour goûter l'ombrage et le frais !
En paysan, j'y vis sans frais
Et me promène sur un âne.
Pour goûter l'ombrage et le frais,
L'été je file à Marignane.

Vive la gaîté des hameaux
Les jours de fête et les dimanches !
Pour oublier chagrins et maux
Vive la gaîté des hameaux !
L'on danse sous les verts rameaux
En habits neufs, en robes blanches.

Vive la gaîté des hameaux
Les jours de fête et les dimanches !

Le papa, jadis franc luron,
Dès le matin joue à la boule.
Il a des goûts de vieux patron,
Le papa, jadis franc luron.
Son fils, apprenti, danse en rond
Et près d'une brune roucoule.
Le papa, jadis franc luron,
Dès le matin joue à la boule.

Réveille-toi, grand Mirabeau,
Ta demeure tombe en poussière,
Tandis qu'au bal on fait le beau.
Réveille-toi, grand Mirabeau.
Ton hôtel a l'air d'un tombeau
Qui s'écroule pierre par pierre.
Réveille-toi, grand Mirabeau,
Ta demeure tombe en poussière.

J'aime à rêver loin des maisons
Et du vieux clocher de l'église.
A travers les blondes moissons,

J'aime à rêver loin des maisons.
La cigale par ses chansons
M'annonce la terre promise.
J'aime à rêver loin des maisons
Et du vieux clocher de l'église.

De longues files d'amandiers
Suivent les détours de la route.
Là, s'étendent de lourds figuiers,
De longues files d'amandiers.
Plus loin, ce sont des oliviers
Dont le tronc rabougri se voûte.
De longues files d'amandiers
Suivent les détours de la route.

Autour de moi, de tout côté,
Le blé jaunissant se colore.
Tout mûrit au soleil d'été
Autour de moi de tout côté.
La pêche a son teint velouté
Et le bel abricot se dore.
Autour de moi, de tout côté,
Le blé jaunissant se colore.

CASSIS

A Bernard Bonnet.

J'aime Cassis
Assis
Sur le rivage
Sauvage,

Ses tamarins
Marins,
Ses noirs abîmes,
Ses cimes

Et ses rochers
Perchés
En nids sur l'onde
Profonde.

J'aime son port
Où dort

Mainte tartane
En panne.

J'aime ses quais
Coquets,
Sa promenade,
Sa rade

Et son fortin
Hautain
Dont l'œil menace
La place.

J'aime Cassis
Assis
Sur le rivage
Sauvage.

LE CHATEAU DES PAPES

(AVIGNON)

SONNET

A Marius Martin.

Ton castel féodal sait d'une forteresse
Garder les fiers créneaux et les superbes tours,
Mais des Pontifes-Rois la puissance maîtresse
N'impose plus son joug aux fiefs des alentours.

Tu n'es qu'une caserne, et tes murs en détresse
Redisent les refrains des profanes tambours.
Dans ton jardin sacré, le cœur plein de tendresse,
La sentinelle rêve aux filles des faubourgs.

Doux lignard correspond avec tendre bobonne,
Et Bocquillon, lançant une épître à Simonne,
Se rit du pieux bref qu'on datait du saint lieu.

Le cynisme moral mieux que le temps te sape :
Dans l'auguste oratoire où priait le grand pape,
Un méchant caporal jure le nom de Dieu.

AIX

SONNET

A Ernest Blanchard.

De grands hôtels, nids de paresse,
Aux volets rarement ouverts.
Un cours où sous les arbres verts
L'ombre du roi René se dresse.

Aux roturiers, fière noblesse,
Interdis tes salons déserts.
Pas de bals et pas de concerts
Pour le bourgeois dont le nom blesse.

Espères-tu voir le manant
A son seigneur, mal an, bon an,
Payer encor la redevance?

Dans son drapeau blanc pour linceul
Versailles ne dort pas tout seul :
Ici repose Aix en Provence.

LA FONTAINE DE VAUCLUSE

SONNET

A Elzéard Rougier.

Ta source avec fracas jaillit à gros bouillon
Du pied d'un lourd rocher à la cime sauvage,
Puis, superbe torrent, inonde le rivage
Et baigne les figuiers de ton étroit vallon.

Je t'adore, ô fontaine, et dans ton frais parage,
Je rêve en troubadour, un simple pavillon
A ta gorge pendu près de ton tourbillon,
Pour te voir cascader de barrage en barrage.

Mais pourquoi donc faut-il que ce divin séjour,
Où Pétrarque et sa Laure ont soupiré d'amour,
Serve d'Eden impur aux profanes délices?

Vaucluse, tu n'es plus qu'un rendez-vous fameux
Où la pâle grisette et le fade gommeux,
Entre deux faux baisers, se gavent d'écrevisses.

L'ARLÉSIENNE

VILLANELLE

A Frédéric Mistral.

Reste toujours Arlésienne.
Pour l'honneur de ta cité
Fuis la mode parisienne.

Quelle prestance est la tienne :
Noblesse et simplicité !
Reste toujours Arlésienne.

Garde la ligne athénienne
De ton profil si vanté.
Fuis la mode parisienne.

La Vénus grecque et païenne,
Sans fard, brille de santé.
Reste toujours Arlésienne.

Que ton bandeau bouffant tienne,
D'un gai ruban surmonté.
Fuis la mode parisienne.

Pour toi, riche ou plébéienne,
Le chapeau semble effronté.
Reste toujours Arlésienne.

Se coiffer en comédienne,
De Mireille est peu goûté.
Fuis la mode parisienne.

Sous le blanc tulle, en chrétienne,
Voile ton sein velouté.'
Reste toujours Arlésienne.

Jupon noir de forme ancienne
Et fin corsage d'été,
Fuis la mode parisienne.

Sois la fidèle gardienne
D'un type en tout lieu fêté.
Reste toujours Arlésienne :

Fuis la mode parisienne.

LE MELON DE CAVAILLON

CHANSONNETTE

A J. F. Mons.

Je veux chanter Cavaillon,
Dont Parrocel fut la gloire,
Et que le brave Crillon
Aimait après la victoire;
Mais mon gourmand Apollon
Au marché court en délire
Dicter à sa folle lyre
Le gai refrain du melon,
Frais melon de Cavaillon.

Quel parfum dans Cavaillon!
Quel arome par la ville!
Depuis le frais pavillon
Jusqu'à la masure vile,
De la cuisine au salon

Tapissé de riches glaces,
Cours, boulevards, grandes places,
Tout embaume le melon,
Frais melon de Cavaillon.

Mon cœur brûle à Cavaillon
Pour une forte fillette,
Appétissant cotillon,
Brune vive et grassouillette.
Plantureuse Madelon
A la lèvre purpurine,
Je crois voir sur sa poitrine
Gonfler un double melon,
Frais melon de Cavaillon.

Adieu, mon beau Cavaillon !
Mais toi, qui me suis sans trêve,
Par bois, par mont, par vallon,
Fruit que j'entrevois en rêve, —
A Lille comme à Toulon,
Que ta saveur délectable
Soit le dessert de ma table,
Car j'adore le melon,
Frais melon de Cavaillon.

ORANGE

RONDEAU

A Monsieur Jean-Baptiste Chandron.

Pauvre Orange! Ville romaine
Fameuse dans l'antiquité,
Tu croupis au bord de la Meyne.
L'arc de triomphe est visité
Les jours d'exercice, en semaine,
Par le trainglot de la cité,
Qu'un vieux mulet rétif promène
A grands coups de fouet excité.
      Pauvre Orange!

Ton théâtre déshérité
A vu la comédie humaine.
Le fier Roi-Soleil irrité
De ton prince a pris le domaine.
Gloire, honneur : tout est vanité.
      Pauvre Orange!

CUCURRON

SONNET

A Roumanille.

Abrité par les flancs du sombre Luberon,
Toits rouges, murs brûlés, vitraux au lourd grillage,
 C'est Cucurron,
 Un noir village.

On dirait qu'hier même un seigneur fanfaron
Pressurait les manants de son pauvre apanage
 En fier baron
 Du moyen âge.

Quel aspect féodal! Tout, l'église, la tour,
Les sinistres remparts hantés par le vautour,
 La forteresse,

Le cours et le marché, tout, jusqu'aux habitants,
Tout a son cachet vieux. Ici, malgré le temps,
 Rien ne progresse.

CARPENTRAS

SONNET

A Aubanel.

Sois fier de ton palais, jadis épiscopal,
Où tes avocats font des fleurs de rhétorique ;
Sois fier du bronze aimé de ton bon cardinal ;
Sois fier de ta fontaine à l'ange allégorique ;

Sois fier de ta mairie et de ton hôpital ;
Sois fier de Saint-Siffrein, de son porche artistique ;
Sois fier des beaux débris de ton arc triomphal,
De ton riche aqueduc, de ton musée antique.

Loin de ces monuments que je dédaigne tous,
Soir et matin, je vais rêver sur ta terrasse
Et jouir du tableau qu'un seul coup d'œil embrasse.

C'est la riante plaine et l'imposant Ventoux,
Qui, d'abord aussi vert que la verte campagne,
S'élance et jusqu'aux cieux pointe en blanche montagne.

TOULON

A Jean Aicard.

La vieille cité provençale
Conserve l'aspect noir et sale
Des ports où mouillent les vaisseaux.

Pour une place un peu proprette,
Cent culs-de-sac où l'on regrette
De barboter en pleins ruisseaux.

Mais laissons les mauvaises rues,
Les vilaines places courues,
Le soir, par le gris matelot.

Laissons le sombre Chapeau-Rouge,
Bouchons infects suivis d'un bouge,
Aux folles nymphes en maillot.

Dieu! quelle turbulente foule
Au cours Lafayette s'écoule
Sous les riants platanes verts!

Au marché, les Vénus nature
Plaisent par leur désinvolture
Et m'inspirent de jolis vers.

Certes, l'Arsenal a son charme,
Avec son infernal vacarme,
Mais rien ne vaut le quai du port.

Quel horizon ! le golfe et l'anse
Où maint bâtiment se balance
Sur les flots bleus en château fort.

Hérissé sur toutes ses faces,
Le navire, avec ses cuirasses,
Nargue le terrible canon.

C'est le *Suffren,* la *Surveillante,*
Et plus loin l'escadre volante.
Là, dort un lourd ponton sans nom ;

Ici, chauffe la canonnière
La *Pique,* une chaloupe fière
De tonner en fendant les flots.

O rade! ô forêt de mâtures,
Tes vergues sont bien des ramures
Et tes oiseaux des matelots.

Ils sautillent par les cordages,
Plus légers qu'aux joyeux bocages
Doux rossignols et gais pinsons,

Et c'est au milieu des étoiles
Que le soir, dans les hautes voiles,
Ils vont moduler leurs chansons.

Cependant, l'aspirant imberbe,
Se voyant amiral en herbe,
Singe en ville le loup de mer,

Tandis que son vieux capitaine,
Oubliant pont, câble et misaine,
Savoure au café son amer.

Fantassins, frisez vos moustaches.
Soyez sur le *plancher des vaches*
Toujours beaux, toujours élégants;

Mais lui, la redingote ouverte,
Sort avec son ombrelle verte :
Pas de sabre, encor moins de gants.

Le chef devant qui tout s'incline
Sur un vaisseau de la marine,
Le commandant, terrible à bord;

Change d'allure et de visage
Dès qu'il aperçoit le rivage,
Et se transforme sur le port.

Quel heureux père de famille !
La marmaille chez lui fourmille :
Trois fillettes et cinq garçons.

Au Mourillon, dans sa campagne,
Près de la mer, sur la montagne,
C'est le Toulonnais sans façons.

LA BALEINIÈRE DE L'AMIRAL

VILLANELLE TOULONNAISE

A Joseph Masi,

Président de l'Académie de Saint-Marin.

File ! file, baleinière !
Toi qui portes l'amiral,
Arrive au quai la première.

Flots bleus, volez en poussière
Sous l'aviron magistral :
File ! file, baleinière !

Vingt marins, la rame fière,
Fendent l'eau d'un rythme égal :
Arrive au quai la première.

Le quartier-maître, à l'arrière,
A tous promet un régal.
File ! file, baleinière !

Dépasse la canonnière
Que pousse un vent infernal :
Arrive au quai la première.

File! car la flotte entière
Te lorgne avec l'Arsenal.
File! file, baleinière!

Laisse bien loin par derrière
Voguer le canot rival :
Arrive au quai la première.

Tel, au bout de la carrière,
S'emballe un fougueux cheval;
File ! file, baleinière!

Arrive au quai la première.

L'ENFANT DE CHŒUR VENTRILOQUE

DE L'ÉGLISE DE LA SEYNE

SONNET

A mon oncle et à ma tante L. Delamarre.

Debout près du Saint-Sacrement,
Un jeune enfant de la maîtrise
Tendait la main pieusement,
Au Salut, sous la voûte grise.

J'avance, et machinalement
Je donne un sou... Mais, ô surprise !
On sonne pour remercîment.
Quel frisson ! Ce bruit m'électrise.

J'allais déguerpir de frayeur,
Quand le suisse, d'un air railleur,
M'empêche de prendre ma course.

Tout confus, je m'approche et vois
Que le blond quêteur est en bois,
Avec un timbre dans la bourse.

LES GORGES D'OLLIOULES

A Mademoiselle Hortense de Mertens.

A gauche des rochers
Et des rochers à droite,
Hauts, pointus, ébréchés,
Flanquent la route étroite.
Pour l'œil du promeneur
Tout est triste à la ronde.
Ollioules, j'ai peur
Dans ta gorge profonde.

Le tortueux chemin,
Surplombé par les cimes,
S'écroulera demain
Au fond des noirs abîmes.
Pour l'œil du promeneur
Tout est triste à la ronde.
Ollioules, j'ai peur
Dans ta gorge profonde.

Quand gémit le mistral
En balayant la crête,
Quel sanglot sépulcral,
Des morts plainte secrète!
Pour l'œil du promeneur
Tout est triste à la ronde.
Ollioules, j'ai peur
Dans ta gorge profonde.

Où coulait un ruisseau,
Jadis cascade fraîche,
Dans un ravin sans eau
Le torrent se dessèche.
Pour l'œil du promeneur
Tout est triste à la ronde.
Ollioules, j'ai peur
Dans ta gorge profonde.

Si je lorgne Evenos,
Castel du moyen âge,
Je crois voir cent créneaux
Tonner sur un nuage.
Pour l'œil du promeneur
Tout est triste à la ronde.

Ollioules, j'ai peur
Dans ta gorge profonde.

Une ombre en blanc peignoir,
Rêvant meurtre ou pillage,
La nuit, sort du manoir.
Retournons au village.
Là, joyeux promeneur,
Je reverrai le monde
Et je n'aurai plus peur.
Adieu! gorge profonde!

L'ORME DE BRIGNOLES

RONDEL

A Pierre d'Arc.

Le plus bel orme de la France,
Sur la place du Carami,
Compte neuf siècles et demi,
Plein de sève et d'exubérance.

Tout le monde avec déférence
Soigne comme un vieillard ami,
Le plus bel orme de la France
Sur la place du Carami.

Pour le sous-préfet quelle transe !
Le maire n'en a pas dormi.
Le vent souffle, l'arbre gémit,
Et le mistral met en souffrance
Le plus bel orme de la France.

CANNES ET LE CANNET

RONDEL

A mon frère René Mauzaize.

A voir bois, chalets et verdure,
Pour Meudon qui prend le Cannet,
Vite à Cannes se reconnaît.
Partout l'aloès en bordure.

Sous l'oranger pas de froidure.
La rose éclôt près du genêt.
A voir bois, chalets et verdure,
Pour Meudon qui prend le Cannet?

Dans le Nord quelle saison dure
Que l'hiver! Chacun frissonnait,
Les pieds gelés sur le chenet.
Le malade à Cannes l'endure,
A voir bois, chalets et verdure.

SOUVENIR DE NICE

SONNET

A ma tante Camuset.

Je rêve à ton ciel pur dont le bleu clair s'allie
Au bleu des flots dormants de ton golfe enchanté.
Je rêve à ton climat, vrai climat d'Italie,
A ta plage, à ton quai de verts palmiers planté.

Tandis que le malade avec mélancolie
Songe à ton doux soleil qui donne la santé,
Je rêve aux bals masqués, je rêve à la folie
De ton gai carnaval, du viveur si vanté.

Je rêve aux *confetti* qu'un pierrot sans entrailles
Me lance par la face en poudreuses mitrailles,
Je rêve aux dominos de toutes les couleurs,

Aux chars enguirlandés d'œillets, de violettes,
De blancs camélias, de roses que fillettes
Font pleuvoir en bouquets aux batailles de fleurs.

MENTON

A la mémoire de ma petite cousine Eugénie Amiot.

Où guérit-on
Mieux qu'à Menton?

J'y file, et ma pâleur extrême
Fait peur à mon maître d'hôtel.
Il me croit à l'instant suprême
Où l'on s'éteint d'un mal mortel.
Cependant je n'ai nulle envie,
Pour avoir perdu tout mon sang,
De quitter la joyeuse vie.
Soyons plutôt convalescent.
Je me fais traîner sur la plage.
On m'a donné ce bon conseil :
Quand on est à la fleur de l'âge,
Rien ne vaut un bain de soleil,
Au milieu de mille phtisiques,
Le long du quai de *Garavan,*

J'exerce mes forces physiques,
Non sans me reposer souvent.
Avec mon frère qui me mène,
Je marche et fatigue à dessein,
Si bien qu'au bout d'une semaine
Je ris du savant médecin.
Sans lui je gravis les ruelles
Tortueuses du vieux quartier,
Puis je vois les villas nouvelles
Et connais Menton tout entier.
C'est la France et c'est l'Italie.
Quelle ravissante cité !
Moi, je l'adore à la folie :
Son ciel bleu m'a ressuscité.

Rondeau, villanelle et ballade,
Ma lyre a repris sa chanson.
Non ! non ! je ne suis plus malade,
Il me faut un autre horizon.
Vivent la mer et la montagne !
Vive le val aux frais décors,
Et que la Muse m'accompagne
Pour alléger le poids du corps !
Sitôt la nature éveillée,

J'aspire l'air pur du matin,
Par la *Corniche* ensoleillée
Ou sous les bois du *Cap Martin*.
Je cherche les sites sauvages,
Gorbio, le gris *Castellar*,
Roquebrune et les noirs rivages.
Parfois, je suis le blanc vieillard
Que porte un âne au dos étique,
Vers *Sainte-Agnès*, nid de vautours
Dont le fortin, castel antique,
Semble crouler avec ses tours.
L'olivier au tronc centenaire
Change les coteaux en vergers
Et, grâce au climat débonnaire,
Citronniers et verts orangers
Suspendent à la même branche,
En mille bouquets gracieux,
Le beau fruit d'or et la fleur blanche.
Dans ce jardin délicieux
La nuit, quand brillent les étoiles,
Qu'il est doux de suivre des yeux
Sur l'onde la nacelle à voiles
Et d'entendre les gais nochers
Dont les chants meurent sur la grève!

Ma Muse, au milieu des rochers,
Se berce dans un joyeux rêve.

Où rime-t-on
Mieux qu'à Menton ?

———

« Me guérit-on
« Mieux à Menton ? »

Ce cri, je l'ai surpris, cousine,
Malgré le soin de ta voisine
A me tromper par son accueil.
L'été venu, sur ton cercueil
J'ai bien pleuré. Mon luth morose
Depuis redit : « Quand on est rose,

« Se fane-t-on
« Même à Menton ? »

———

MONACO

BALLADE

A Son Altesse Sérénissime le Prince Charles III
de Monaco.

La ville domine la mer,
Rocher aux flots bleus pour ceinture.
Laurier-rose, aloès amer
Et myrte y poussent sans culture.
Frais palais, riche architecture,
Jardins suspendus, j'applaudis
Et l'art et la grande nature.
Monaco, c'est le paradis.

Quand Paris grelotte l'hiver,
Sous la neige et sous la froidure,
Ici, tout est gai, tout est vert,
Joli bosquet, fraîche bordure.
Le rossignol dans la ramure

Chante loin des frimas maudits,
Et la vague à mes pieds murmure :
Monaco, c'est le paradis.

Je souris, le visage ouvert ;
Le doux soleil me transfigure.
Dans le Nord gris au ciel couvert,
Ma mine était le triste augure
De la misère la plus dure.
A Monte-Carlo, je me dis :
« Allons jouer ! » Ma chance dure.
Monaco, c'est le paradis.

Celui qui dans la garde sert,
Soldat à la noble carrure,
Au casino, comme au concert,
Veille chamarré de dorure.
Bon gîte et bonne nourriture,
Il vit au milieu des dandys
Et file à son poste en voiture.
Monaco, c'est le paradis.

ENVOI

Beau Prince, ne crains pas l'injure
De voir critiquer tes édits,
Car, sans impôt, je te le jure,
Monaco, c'est le paradis.

AUBADE PROVENÇALE

A mon frère René Mauzaize.

Quand des mois entiers tu souris,
Sais-tu, Miette, à quoi je pense?
Pour un cœur blasé de Paris,
C'est le ciel bleu de la Provence :

Voilà, Miette, à quoi je pense.

Quand mes yeux rencontrent tes yeux,
Sais-tu, Miette, à quoi je pense?
Je sens sur mon front radieux
Darder le soleil de Provence :

Voilà, Miette, à quoi je pense.

Quand tu redis tes joyeux chants,
Sais-tu, Miette, à quoi je pense?

Je crois entendre par les champs
La cigale de la Provence :

Voilà, Miette, à quoi je pense.

Quand tu me boudes sans raison,
Sais-tu, Miette, à quoi je pense?
L'ouragan souffle à la maison :
Gare au mistral de la Provence!

Voilà, Miette, à quoi je pense.

Quand je veux tracer ton portrait,
Sais-tu, Miette, à quoi je pense?
Pour te crayonner d'un seul trait,
Sois l'image de la Provence :

Voilà, Miette, à quoi je pense.

TABLE

DEUXIÈME PARTIE.

PROVENCE

Imp. Jouaust et Sigaux.